# LES MALHEURS

### DE LA

# RÉVOLUTION.

## ODE A DIEU.

## PAR A.-E. FAUVEL.

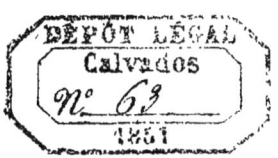
# ODE A DIEU.

C.

# LES MALHEURS

## DE LA

# RÉVOLUTION.

## ODE A DIEU.

Bonnes gens font les bons pays ;
Bon cœur fait le bon caractère ;
Bons comptes font les bons amis :
Bon fermier fait la bonne terre ;
Bons livres font les bonnes mœurs ;
Bons maîtres, les bons serviteurs ;
Les bons bras font les bonnes lames ;
Le bon goût fait les bons écrits ;
Bons maris font les bonnes femmes ;
Bonnes femmes, les bons maris.

*(Vieux proverbes.)*

## BAYEUX,

IMPRIMERIE DE A. DELARUE,

27, rue Saint Jean.

—

1851

NOTA. – Tous les exemplaires de cet Opuscule sont revêtus de ma signature.

# AVERTISSEMENT.

En composant mon *Ode à Dieu* ou *les Malheurs
de la Révolution*, je n'ai point flotté au milieu d'o-
pinions divergentes; j'ai esquissé rapidement les
épisodes terribles de cette phase sanglante qui, en
démoralisant un peuple entier, a porté l'épouvante
et la désolation chez tous les peuples civilisés.

Ce qui m'animait en écrivant ces strophes, c'était
le désir de vivifier dans le cœur de mes concitoyens
la crainte salutaire de revoir jamais les horreurs
commises pendant le laps de temps que quelques
êtres appellent le temps de la *Liberté*, qui n'est
réellement qu'une époque de crimes affreux, qu'une
époque à jamais déplorable, en ce qu'elle laisse à
la nation française une tache indélébile.

Pouvais-je mieux faire qu'en m'adressant à celui
qui est l'arbitre de nos destinées, à ce *Dieu* de
paix et de bonté qui régit l'univers? Je ne le pense
pas!

J'aurai des détracteurs, je n'en doute point;

mais, comme dit *Beauchamp* : « Il est au fond des âmes un principe inné de justice et de vertu que l'éducation doit nourrir et l'esprit vivifier. La maxime impie, que tout s'anéantit par la mort, et que la vertu reste bannie de la terre, est un paradoxe désolant et subversif des États.

« Malheur aux peuples, dit *Tacite*, chez qui s'éteint l'enthousiasme de la vertu ! il est inséparable de l'idée d'un *Dieu*, source de courage et de résignation. »

« L'homme se plonge dans le tombeau pour se relever immortel. » Cette pensée d'*Young* est applicable à tout le genre humain.

Admirateur enthousiaste du beau talent de *Voltaire* et de tous les *Encyclopédistes*, en général, je fronde seulement l'ingratitude qu'ils ont montrée envers celui qui le leur avait donné ; je déplore les funestes calamités qu'elle a attirées sur l'*Europe* entière et sur la *France* en particulier.

En comparant *Napoléon* à *Cyrus*, non comme le représentent *Justin* et *Diodore*, *Ctésias* et *Hérodote*, mais comme le dépeint *Xénophon*, je fais de lui l'éloge le plus pompeux qu'il soit possible de faire.

J'ai, dans cet opuscule, rendu à *Dieu* ce qui appartient à *Dieu*, et à *César* ce qui appartient à *César*.

Quant au genre de poésie que j'ai adopté, *Bossuet*, le grand *Bossuet*, en fait ainsi le panégyrique :

« De la gloire de *Dieu* est née la poésie, changée dans la suite en plusieurs formes, dont la plus ancienne se conserve encore dans les *Odes*. Le style

de ces *Odes,* hardi, extraordinaire, naturel, toutefois, en ce qui est propre à représenter la nature
dans ses transports, qui marche, par cette raison,
par de vives et impétueuses saillies, affranchi des
liaisons ordinaires que recherche le discours uni,
renfermé d'ailleurs dans des cadences nombreuses
qui en augmentent la force, surprend l'oreille, sai-
sit l'imagination, émeut le cœur et s'imprime plus
aisément dans la mémoire. Dans tous les siècles
passés, c'était *Dieu* et ses œuvres merveilleuses qui
faisaient le sujet des *Odes. Dieu* les inspirait lui-
même, et il n'y a que chez le peuple de *Dieu* où
la poésie soit venue par enthousiasme ; il ne parle
point en l'air ; il particularise et circonstancie toutes
les choses, comme un homme qui ne craint point
d'être démenti. »

# LES MALHEURS

# LA RÉVOLUTION.

—

## ODE A DIEU.

—

Cette époque fabuleuse n'a pas sa pareille dans les annales
les plus chargées de crimes, de folies et de souillures en
tout genre ; 93 a tout brisé, tout écrasé. Immense époque
de crimes inutiles, si perverse et si infinie dans son génie
d'anéantissement universel, que c'est à peine si l'on peut y
croire.                                                    (J. Janin.)

Grand *Dieu!* ta foudre vengeresse,

Qui plane sur cet univers,

Ne punit pas de leur faiblesse

Les humains méchants et pervers...

Tu n'écrases pas le coupable,

Qui de ton amour ineffable

Et de ta céleste bonté

Méconnaît les bienfaits sublimes

En entassant crimes sur crimes

Au doux nom de l'humanité.

O *Seigneur!* ton pouvoir immense
Se borne à combler de bienfaits
L'être doué d'intelligence
Qui ne devrait pécher jamais...
Dans ton éternelle auréole,
Faisant entendre ta parole,
Frappe de ton éclat divin
Et de ta bonté paternelle
La race impie et criminelle
Qui renie un *Dieu*, mais en vain.

Tout atteste dans la nature
Ton existence, ô *Créateur!*
Si la philosophie impure
Dit: La terre n'a pas d'auteur!
Les cieux sont de clairs syllogismes;
Seuls, ils prouvent que ses sophismes
Sont tous exempts de vérité,
Et que sa secte mensongère
Restera toujours étrangère
A la douce fraternité.

Quand, par ses doctrines, *Voltaire*
Voulut être roi des esprits,
Cet homme inscrivait sur la terre
Son nom au rang des noms maudits ;
*Diderot*, *d'Alembert* et d'autres,
Ses favoris et ses apôtres,
Suivirent ses pas de géant...
Hélas ! leurs ouvrages perfides
Ont enfanté des régicides
En t'attaquant, *Dieu* tout-puissant.

Des lois la plus sainte est la tienne [1] !
C'est un flambeau de vérité !
Toujours elle sera gardienne
Des mœurs de la société !
Quand par une race maudite
Ta religion fut proscrite,
La *France*, nouvelle *Ascalon* [2],
Se plongea dans la barbarie,
Malgré son titre de patrie
De *Bossuet*, de *Fénélon*.

Sous l'immortelle république [3],
Sans respect pour l'honneur français,
Le sang coulait sous ton portique,
Devait-il le souiller jamais ?
Des philosophes cannibales
Choisirent, dans leurs saturnales,
L'échafaud pour leur déité ;
Ils signaient des décrets sinistres
Et décapitaient tes ministres,
Au cri : Vive la Liberté !

La *France*, ta fille chérie,
Vit ses fils souiller tes autels,
Et conduire à la boucherie,
Par des infâmes criminels,
Un roi dont la bonté sincère ,
Dont la clémence héréditaire ,
Étaient à leurs yeux un écueil;
Leur barbare philosophisme ,
Appuyé sur leur athéisme ,
Fit de la *France* un grand cercueil.

Le sang coulait en abondance
Dans tes temples, comme au foyer ;
Il couvrait le sol de la *France,*
Dont les flancs étaient un charnier.....
Ceux qui t'aimaient, *Auteur des Mondes,*
Plongés en des prisons profondes,
L'un sur l'autre étaient entassés ;
L'enfant tétant encor sa mère,
Les époux, la sœur et le frère,
De la mort étaient menacés.

*Danton, Saint-Just* et *Robespierre,*
Avec des milliers de suppôts,
Avaient aboli la prière
Et déifié des fléaux.
Parmi les femmes les plus viles,
Ils prenaient, dans toutes les villes,
Le rebut du vice éhonté.....
Par des assassins couronnée,
La femme impure était prônée
Comme attribut de liberté.

*Seigneur,* quel lugubre spectacle
Pour tous les humains généreux !
La *France* était un réceptacle
De bourreaux et de malheureux ;
Le glaive faisait des victimes ;
La *Loire,* en ses profonds abîmes,
Recevait, au nom des tyrans,
De jeunes vierges déflorées
Que pour eux ils avaient parées
De leurs doigts encor tout sanglants.

Comme *Cyrus* [4], à tes paroles,
Surgit le grand *Napoléon ;*
Faisant tout trembler jusqu'aux pôles,
Il désassombrit l'horizon ;
Il rétablit ton culte en *France....*
Par décret de ta providence,
Tes ministres sont rappelés.
Bien peu revirent leur patrie ;
Loin de cette mère chérie,
Beaucoup moururent exilés.

Ton Temple rouvert, les fidèles,
Ivres d'amour, las de tourments,
Jusques aux voûtes éternelles
En spirales t'offraient l'encens !
Enfin, le sentiment intime
De la vertu noble et sublime,
Qui de l'homme est la dignité,
Vint raviver leur existence ;
La saine et divine éloquence
En chaire dit la vérité.

Comme un lumineux météore
Qui paraît la nuit dans les airs,
Du couchant jusques à l'aurore,
Partout, dans le vaste univers,
*Napoléon* paraissait maître.
Te sachant l'auteur de son être,
Loin de se comparer à toi,
Sur les coussins dorés des trônes,
Sous l'éclat de ses deux couronnes,
Ta loi, *Seigneur,* était sa loi.

*Napoléon* de son génie
Écrasa de lâches pervers...
Quand sa mission fut finie,
Il subit l'effet des revers.
En naissant sur un roc aride,
Après une course rapide
Au sommet glissant des grandeurs,
Il devait mourir en ôtage
Sur un rocher lointain, sauvage,
En t'invoquant dans ses douleurs.

Pour arriver à *Sainte-Hélène*,
Du *Simplon* sautant au *Thabor*,
Du *Tibre* jusqu'au *Borysthène*,
Il brisa tout dans son essor.
Son aigle, aux griffes écarlates,
Sur le *Kremlin* des *Autocrates*
Fit entendre, comme un beffroi,
Le cri de mort et de retraite ;
La gloire, voyant sa défaite,
Abandonna l'*Empereur-Roi*.

*Seigneur,* préserve ma patrie
Des aveuglés par les grandeurs,
Qui, dans leur rage ou leur furie,
Feraient couler son sang, ses pleurs.
Descends vers eux, sois magnanime!
En eux mets le feu qui t'anime
Pour le bonheur du genre humain...
Protège à jamais notre *France ;*
En toi seul est son espérance ;
Elle n'espère pas en vain.

En voyant ton auguste face,
Les coupables s'inclineront,
Tous, grand *Dieu!* te demandant grâce,
A tes pieds divins pleureront.
Sûrs de ta céleste existence,
Ils imploreront ta clémence,
Et, craignant ton foudre vengeur,
Ils ne commettront plus de crimes ;
Eux et leurs dolentes victimes
Seront heureux par toi, *Seigneur !*

*Dieu,* tes merveilles éternelles
Se dérouleront à leurs yeux ;
Le feu sacré de tes prunelles,
Qui resplendit en tous les lieux,
Embrasera de douces flammes
Leurs cœurs, leurs esprits et leurs âmes ;
L'Ange du mal sera dompté !
En fuyant ses noirs artifices,
Ils t'offriront des sacrifices,
Attendant l'immortalité.

Apparais à leurs yeux farouches
Dans ta splendeur de Roi des Rois,
Soudain sortira de leurs bouches
Le vœu de suivre en tout tes lois...
L'humanité régénérée,
En fixant la voûte éthérée,
Pleurera de joie et d'amour ;
La mort pour elle aura des charmes ;
Les prières seront ses armes ;
Sa conquête sera ta *Cour.*

*Seigneur,* ma fervente prière,
Faite au nom de l'*Humanité,*
Sera-t-elle exaucée entière ?
Oui ! Les effets de ta bonté,
Après les secousses immondes,
Et les peines vives, profondes ,
Qui corrodèrent l'univers,
Changeront les soucis en roses ;
*O grand Dieu !* ces métamorphoses,
Seules, sont le but de mes vers.

# NOTES.

(1) L'antiquité de la Religion lui donne tant d'autorité, sa suite continuée sans interruption et sans altération durant tant de siècles, et malgré tant d'obstacles survenus, fait voir manifestement que la main de *Dieu* la soutient.

Qu'y a-t-il de plus merveilleux que de la voir toujours subsister sur les mêmes fondements, dès les commencements du monde, sans que, ni l'idolâtrie ni l'impiété, qui l'environnaient de toutes parts, ni les tyrans, qui l'ont persécutée, ni les hérétiques et les infidèles, qui ont tâché de la corrompre, ni les lâches qui l'ont trahie, ni ses sectateurs indignes, qui l'ont déshonorée par leurs crimes, ni enfin la longueur du temps, qui seule suffit pour abattre toutes les choses humaines, aient jamais été capables, je ne dis pas de l'éteindre, mais de l'altérer.

Si maintenant nous venons à considérer quelle idée cette religion, dont nous révérons l'antiquité, nous donne de son objet, c'est-à-dire, du premier être, nous avouerons qu'elle est au-dessus de toutes les pensées humaines, et digne d'être regardée comme venue de *Dieu* même.

Notre *Dieu* est un, infini, parfait, seul digne de venger les crimes et de couronner la vertu, parce qu'il est seul la sainteté même.

Il est infiniment au-dessus de cette cause première et de ce premier moteur que les philosophes ont connu, sans toutefois l'adorer. Ceux d'entr'eux qui ont été le plus loin, nous ont proposé un *Dieu* qui, trouvant une matière éternelle et existante par elle-même aussi bien que lui, l'a mise en œuvre et l'a façonnée, comme un artiste vulgaire, contraint par son ouvrage, par cette matière et par ses dispositions qu'il n'a pas faites, sans jamais pouvoir comprendre que, si la matière est d'elle-même, elle n'a pas dû attendre sa perfection d'une main étrangère, et que, si *Dieu* est infini et parfait, il n'a eu besoin, pour faire tout ce qu'il voulait, que de lui-même et de sa volonté toute-puissante. Mais le *Dieu* de nos pères, le *Dieu* d'*Abraham*, le *Dieu* dont *Moïse* nous a écrit les merveilles, n'a pas seulement arrangé le monde, il l'a fait tout entier, dans sa matière et dans sa forme. Avant qu'il eût donné l'être, rien ne l'avait que lui seul. Il nous est représenté comme celui qui fait tout, et qui fait tout par sa parole, tant à cause qu'il fait tout par raison, qu'à cause qu'il fait tout sans peine, et que, pour faire de si grands ouvrages, il ne lui en coûte qu'un seul mot, c'est-à-dire, qu'il ne lui en coûte que de le vouloir.                    (Bossuet.)

(2) A l'apparition de l'affreuse *Chimère*, monstre marin d'*Andromède*, les habitants d'*Ascalon* s'enfuirent épouvantés, et se réfugièrent dans le désert.          (Chateaubriand.)

(3) La république de 1793 s'est immortalisée par ses fureurs et par ses crimes ; son immortalité portera sa honte à nos derniers neveux.                    (A. Fauvel.)

(4) Les terroristes ignobles et sanglants ont apporté dans les temples sacrés l'épouvante et les orgies des révolutions ; ils ont placé les prostituées sur les Autels ! — Ils ont blasphémé contre l'Évangile sous les voûtes solennelles ; ils ont hurlé leur cri de mort dans les enceintes sacrées, où le son de l'orgue se mêlait naguère aux chants harmonieux des cantiques. Tout ce qu'ils ont pu briser, ils l'ont brisé ; tout ce qu'ils ont

pu souiller, ils l'ont souillé ! Où sont-ils maintenant, ces infâmes révolutionnaires ? Ils ont été dispersés comme le sable
qu'emporte le vent. L'*Église* reste debout toujours !

(J. Janin.)

(5) *Cyrus* naquit l'an du monde 3400. Ce fut 218 ans après
la fondation de *Rome*, 536 ans avant *Jésus-Christ*, 70 ans
après la captivité de *Babylone,* qu'il fonda l'empire des *Perses*.
Ce prince fut choisi par *Dieu* pour être le libérateur de son
peuple et le restaurateur de son Temple.

(Bossuet, Rollin, Beauchamp.)